JN076103

君が好き

門脇桂一

文芸社

目次

〈はじめに〉

僕は生きるのに不器用で、自分に自信がなく自己評価が低いくせにプライドは高いという面倒くさい男だ。

頭で余計なことを考えすぎてしまい、結局、何の行動もできない。

そんな僕がここで描いた話は、ひとつひとつが僕とは違う架空の登場人物による、それぞれ別の状況の話です。

基本的にひとつひとつの話はつながっていません。

Scene 1　始まり

【1】†‡

ふつうの友達なら
こんなことしないよね、
をさらりとやってくる君。

君にとっての僕は
どういう存在なの？

【2】†‡

君が
僕の知らない誰かと　親しげに話しているのを
見た

なんだ
僕だけじゃ　ないんじゃん

【3】††

最初からすぐに分かったよ
君のような人は初めてだ
君が返す言葉は　いつも予想を裏切られ
僕は思いもよらなかった自分を知る

そんな君に僕は
どうしようもなく惹かれてる
もっと君を知りたいと思う
君を知ることで　僕の見る世界が変わる
変わっていく自分を見てみたい

君が僕を変えるんだ

【4】††

たとえば
君が落としたボールペンを拾って渡した時の
君の間　君が発した言葉の雰囲気に
僕は君を好きになってしまうだろうと焦った

知らない者同士の　当たり前のやりとりで
こんなにも僕が見る景色が　変わるものかと

【5】†‡

今のこの落ち着かない気持ちの正体は何なのか
他のどんな理由を探しても
今までのことすべてが
使い古されたこの単純な言葉で
説明がついてしまうとは

認めるのは恥ずかしいけれど
僕は　君に恋してる

　　　　　　　　　　　　一旦　認めてしまえば
　　　　　　　　　　　　　　心は暴走する

　　　　　君が好き　君が好き　君が好き

　　　　あぁ　どうしたらいいか分からない
　　　　　　　　　今度君に会った時
　　　　　　平静を保つことができるだろうか

人を好きになるのは理屈じゃなくて、感覚的なものだと思う。その時は、はっきり自覚していなくても、後から考えると最初からその人のことを好きだったのだと思う。「見た目がいい」とか「自分に優しい」とか「裏切らなさそう」とか、打算的に自分にとって有益となるような理由を考えて人を好きになる人がいるかもしれないが、僕には無理だ。そういう場合はたいてい長く続かない。一緒にいることに意味を見いだせず、そのうち自分が疲れて、相手を傷つけて終わるのだ。

そうならないために僕は、良い感情だけでなく嫉妬などの悪い感情も含め、自分の心が動くのか、自然に気持ちが自分の内から湧いてくるのか、自分自身に問いかけるようにしている。

人を好きになる瞬間はたいてい、自分が何の準備もしていない時に限って突然やってきてやっかいなものである。仕事も趣味も、友人と遊ぶことも楽しいし、何の不自由もなく生活していたのに、これから先、その人のことで頭がいっぱいになって苦しくなるだろうと思うと、どうしたものかと困ってしまう。いつも僕は先回りして考えすぎてしまうのだけど、いろいろ考えてもその甲斐なく、結局どうにも抗えなくて、いつもなすがままの一本道なのだ。

11

【6】†‡

話しかけられるより　話しかける方がいい
連絡を待つより　連絡する方がいい

君を見つけると　嬉しくなって近づいて
君がいないと　残念な気持ちになるけれど
次は　どんな理由をつけて君のそばに行き
どんなふうに話しかけようかと考えるだけでも
ワクワクする
と油断していたら　君に背後をとられてびっくりする
僕は君に　そっけない態度をとってしまう

【7】†‡

君に会えると　なんだか嬉しくて
偶然会うことが重なると
また会いたいと　願ってしまう
会えないことが　当たり前なのに
君がここにいないことに　がっかりする
このままだと　会えないことがつらくなる

それなら最初から会えないと分かっている方がいい
こんな素敵な君に　僕なんかつり合わない
だから僕は君を避けたんだ

【8】†‡

君に嫌われたくなくて
自分がどうかなってしまうのが　怖くて
君を遠ざけたのに

何故今僕は
君の近くにいたいと　切に願うのだろう

君にも誰にも見えない僕になって
君のそばに　ずっといられたらいいのに

【9】†‡

君は強がって
「もう私には関わらないで」と言うけれど
捨てられるのが　怖いんだろ？
失うのが　怖いんだろ？
それは僕も同じだ

たとえ結果的に　君といられる時間が短くても
　　　　　僕は君といたい
君といると僕は
　　　　　もっと遠くを目指すことができる
君といると僕は
　　　　　もっと大切なことに気づくことができる

たとえ君といられなくなっても
　　　　　僕の中で君の言葉が生きている
だから　たくさん話をしよう
君の言葉の一つ一つを
　　　　　僕の心に刻み込んでいくから

ねぇ、君のそばにいさせて

【10】††

「あなたのこと　好きになってしまうから
もうやめて」と　君は言った
好きになるなら　それは
こっちが望むところだ

そんな苦しそうな顔しないで
僕は一生、君を大切にするからさ

【11】††

君が笑うなら　僕は嬉しくなる
つらそうな君に　僕の胸は苦しくなる
君の涙に　僕も涙する

君を聞く時　君を見る時　君を感じる時
まるで涼やかな風に揺れる金色（こんじき）の稲穂のように
僕の心はざあざあと　ざわめくんだ

【12】††

君は僕に何かと関わってくるけど
なんか　面倒くさい
どうしたらいいか　分からないし
僕は一人でいるのが好きだし
何より今の生活を乱されたくない

このままずっと一人でいることが
人としてどうかとか
社会に貢献していないとか言われるのは分かってる
だけどこの先どうなるか分からない未来
そんなこと　意味あることなの？

一人で生きていくには　人生は長すぎる
愛しい誰かと過ごすには　人生は短すぎる

【13】††

とにかく二人きりになりたくて
不自然ではなく　二人きりになる機会を探していた
君と二人きりになれたら
周りを気にせず　君といろいろな話ができると思った

君に話したいことが　たくさんあるんだ
僕の心を摑んで放さない君に
聞きたいことが　たくさんあるんだ
どうして君が　そんなに僕を惹きつけるのか
確かめたいことが　たくさんあるんだ

【14】♰♯

君の一挙一動　言葉ひとつひとつに
とらわれて　僕は
寂しくなったり　嬉しくなったり
心配したり　悔しくなったり

初めは小さな出来事だったのに
今では僕の生活のほとんどを　君が占めている

君の声が聞きたいよ
君の心を知りたいよ
君を幸せにしたいよ
君と楽しく笑っていたいんだよ

君を傷つけるのが怖いから　遠慮がちに声かける
君の反応をうかがいながら
引くべきところを　見誤らないように

【15】†‡

持て余しているこの気持ちを
君に伝えてしまったら
もう　こんな笑顔を見せてくれなくなるのかな
今までみたいに　笑いあえなくなるのかな

それが怖くて
今日も僕は踏み出せない

【16】†‡

君の言葉ひとつ　行動ひとつに
落ち込んだり　嬉しくなったりする僕に
君は気づいていないだろう

言っても伝わらない
恋は結局　一人でするものなのだ

【17】♯†

あなたが私を見つけた時
あなたが私のそばに来た時
あなたが私と話をする時
あなたのまわりでぱっと花が咲く
あなたは一瞬にして　色とりどりの花に包まれる

誰がどんなにたくさんの花束を抱えてきても
あなたのそれにはかなわない
私はもうあなたに
たくさんの花束をもらったよ
色褪せることのない花束を
たくさんもらったよ

【18】††

どんなに隠そうとしたって
僕の気持ちは　君にだだ漏れで
それならば
僕はもう　君に隠す必要はないのかもしれない

僕の弱いところを　君に握られ
僕は君に従順でしかいられない

　僕は、相手のことが好きだと自覚すると、意識しすぎて何もできなくなってしまう。相手に対しこんなに弱くなってしまっている自分を相手に知られることは、自分のプライドが許さないのだろうか。それとも、自分に自信がなく、自分の気持ちが受け入れられないことばかりが容易に想像でき、傷つくのを恐れるからだろうか。いくら考えても、好きな人に近づけない本当の理由なんて分からない。もし相手に拒絶されてまったく会えなくなるのなら、それよりはまだましかと理屈をこねて、近づくどころか逆に距離をおいてしまうのだ。それでも何故だか自分の気持ちが相手に伝わってしまったりして、「あ～」と思うことがあるけれど、それならそれで開き直ってしまえば楽になる。　意外にもこれはこれで相手に好印象を与えていたりすることもあるのだ。

　今の自分ではどうにもならない不確かな未来を、先回りして悪い方に想像しても意味がない。だから僕は、「人事を尽くして天命を待つ」ことができる人間になりたい。たとえうまくいかない日があっても、僕は諦めるつもりはなくて、相手にも誰にも気づかれないような小さな企てであっても、相手に好かれる努力を惜しまない人間になりたい。

【19】♯†

あなたが私に好意があると
友達から聞いたけど
あなたからそんな気持ちを感じたことはないし
私との話しぶりは他の人とのそれとは変わらないし
あなたから食事に誘われたこともないし
自意識過剰と思われるのも恥ずかしいし

あなたと二人の帰り道
あなたは私の髪をさわり
私の腰に手をまわす
その慣れた手つきに
こんな人を好きになっては駄目だと
自分を戒める

【20】†‡

あなたとの距離を縮めたい
あなた自身も気づいていないけれど
あなたも多分　僕のことが好き

今すぐにでもあなたに飛びついてハグしたい
その気持ちを抑えるのはつらいけれど
どこまでなら　あなたに踏み込んで大丈夫か推し量る
びっくりして体を縮めるあなたを感じたくないから

まるでトンボを捕まえようとする子供のように
絶対に　逃がしたくはないから

どうしたらあなたが僕に慣れてくれるのだろう
既成事実をひとつひとつ積み上げていく

【21】††‡

君の　嘘のない笑顔には　やられる
僕と同じように
君は僕のことを好きでいてくれるのかな

それが僕の勘違いか　そうでないか
どうやったら分かるのだろう
どうしたって分からないんじゃないか

勘違いであっても　食事くらいならいいよね
今度君を誘うけど　いいかな

【22】†‡

気持ち悪いとか　怖いとか
君に思わせるようなら
僕たちの関係は終わりだと思う

いつも誘うのは僕の方で
会えばいつも楽しいけれど
僕は君に迷惑ではないだろうかと
君の瞳の奥をのぞき込んで　本心を探ろうとしても
答えは見つからない

僕の気持ちは重いと思う
何度会っても　またすぐ君に会いたくなるし
四六時中　君を感じていたいと思う
本当は
一瞬たりとも君と離れたくないと思ってる

【23】†‡

僕は君が好きだけど
君の「好き」とは別の「好き」だ
「それでもいい、
私の他に好きな人がいなければ
それでもいい」と君は言うけれど
僕は本当にそれでもいいのかな

君といると楽しいし
君を大切にしたいと思うけどさ
僕のことで苦しくなったり
嬉くなったりしている君を見ると
僕のは君のそれと違うんだ、って思うよ

君は全身で「好き」を表現する
僕が恥ずかしくなるくらい

【24】†‡

「私はあなたが好きなんだけど」
君から投げかけられた言葉
僕は　どう返すべきか

君の嬉しそうに笑う顔が見たい
誰しも　悲しい顔なんて見たくないんだ

覚悟もないまま
僕は君に嘘をつく

【25】†‡

今のこの自分でさえ
どうしてこんな気持ちになるのか分からない
自分でも分からないのに
どうして君は　分かると言い切れるの？

　　　　　　君は僕のこと　何も知らないくせに
　　　　　　　どうして僕を好きだと言えるの？
　　　君には僕が大事に思っていることを伝えていないし
　　　　僕が何を考え何を感じて日々過ごしているのか
　　　　　　　　　　知らないだろ？

　　　　　　　僕も君のこと何も知らないから
　　　　　なんて答えていいか　分からないよ

【26】‡†

ふとした時に見せるあなたの表情
あなたの立ち居振る舞い
穏やかに笑うあなたの姿
あなたの優しいまなざし
あなたが選ぶ言葉
すべてに　あなたらしさが出ていて
私は　そんなあなたを好きになったの
理由なんてない
ただ　あなたを好きになっただけ

好きな相手との距離の詰め方、って難しい。だからと言って、自分から相手に直接愛想いを伝えず、周りの人からそれとなく言ってもらうのは、自分が傷つかないようにしていてずるいと思う。そして、自分が直接告白して相手からちゃんとOKをもらうまでは、近づきすぎては駄目だと思う。

だけど、そんなふうに考えていると、意識しすぎて動けなくなってしまう僕だからなおさら、なかなか好きな相手との距離が縮まらない。それでだいたいうまくいかなくて、諦めかけた時に他の人から好意を寄せられると、よく考えないままにOKしてしまう。

だけど、自分も相手のことをちゃんと好きでなければ、付き合うのは相手に悪いと思う。僕自身、好きな相手とうまくいかないつらさを知っているから、相手の気持ちに応えてあげたいけれど、どこまでの好きだったらいいのだろうかと思う。そんなことは、相手に聞いても「全然、大丈夫」とか「そんなこと気にしないで」とか言うに決まっていて、友達に相談したところで「ぐだぐだ考える前に付き合っちゃえ！」とか無責任かつ勢いのままに背中を押してくるだけだろうし、でも自分ではなんだか納得できないのだ。

【27】†i

ねえ、僕たちは一緒にいると楽しいしさ、
きっとすばらしいことを成し遂げられるよ

僕がどうしてもできなかったことを
君があっさりやってのけると
手放しで称賛したくなる

君が困っているときも
僕なら絶対、君を助けられる

そして何より
君が考えていること、感じていることを
自分のこと以上に分かってしまうんだ

ねえ、僕たちは一緒なら
かけがえのないものをきっと見つけられるよ

だから、一緒にいようよ

【28】†‡

僕が君を好きになったのは
　　　　うまく喋れない僕の話を
　　　　君が黙って最後まで聞いてくれたから

僕が君を好きになったのは
　　　　君と偶然会って　会釈したら
　　　　君が僕の目を見て　笑ってくれたから

僕が君を好きになったのは
　　　　遅れて着いた待ち合わせ場所に
　　　　君がまだ　待っていてくれたから

僕が君を好きになったのは
　　　　気のきいた私服を選べない僕の襟元を
　　　　「とても似合ってるよ」と言って
　　　　直してくれたから

僕が君を好きになったのは
　　　　君を楽しませる話が思いつかない僕に
　　　　君がそっと寄り添って　話をしてくれたから

僕が君を好きになったのは
　　　　別れのタイミングを計れない僕に
　　　　今度会う日の約束をくれたから

　　　　君がいるだけで　僕がいる世界が
　　　　ぱっと鮮やかに　色づくんだ

【29】††

こと君に関することでは
僕の精神状態は　乱高下する
君のことばかり　考えざるを得ない
その理由を　僕は認めたくなくて
そんな自分が面倒くさくなって　君を避けてきた

君に会えないと　それはそれで苦しいけれど
余計なことを考えなくて済む
君の表情や言葉の意味は
考えても考えても　どうせ正解なんて分からないんだ

でも　もうそろそろ自覚しないと
僕は君が好きで
君が僕のものになってほしいと思っていることを

僕の行動ひとつひとつに意味を持たせていく
"君が好きだから　君のそばにいる"というように
そして　逃げないで
どんな感情も受け止める覚悟を持とう
僕の気持ちが君に伝わらないこと
僕の気持ちが君に伝わってしまうこと
君の反応　君の出す答えを恐れる自分に
打ち克っていこう

【30】†‡

いざ君を前にすると
なんにも言えない　なんにもできない僕だ
一人になると
君に話したいことも　してあげたいことも
次から次に　思いつくのに
いざ君を前にすると
君のそばで
君に話しかけられるのを　待っているだけの僕だ

だから僕はどうしても君に好きだと言えなくて
だけどもし君に「付き合って」と言われたら
僕は必死の思いで「うん、いいよ」と答えるから
君から言ってくれないかな
面倒くさい奴で　ごめん

君といられるのなら
僕は君とずっと一緒にいられるように
全力で君との関係を守ります
今までの僕にとって　恋は手に入らないものでした
だから一度手に入れたら　絶対放しません
こんな年齢（とし）になって言うのは恥ずかしいけれど
好きな人とこんなに仲良くなれたのは　君が初めて
この恋を手放したら　次はないことも分かってる

浮気はできません
君を一生大事にします
君に告白してもらった負い目もあります
僕、かなりオススメだと思うよ

【31】 ♰ ♰♰

僕の想いを君に伝えることができ
君も僕と同じように
想っていてくれたことが分かった
これ以上ない幸せを実感すると同時に
僕には怖いものができた

「僕は君を失えない」
まだ僕は　この不安を引き受ける覚悟を
していなかったことに気づいて　うろたえる

あれから君の態度は　急によそよそしくなって
僕たちの間に起こったことを
なかったことにしたいのかと戸惑う
あの日　君と心が通じ合ったことは
確かに本当だったのに

私にはあなたに好かれる自信なんてなくて
あなたに嫌われないかと　いつも不安になる

引き返せないほどに
あなたを好きになってしまうのが怖かった

絶対離さないと言って　私を強く抱きしめて
そうでないと私、どこかに行ってしまうかもよ

【32】†‡

君に出会うまでの僕の人生、って
ばかばかしくなるくらい無価値で　モノクロで
君がすっかり僕の世界を変えてしまった
だから君が聞きたがっている僕の昔話なんて
恥ずかしくなるくらい　つまらないものだよ

それよりさ、これからの話をしよう
僕は君とずっと一緒にいたいんだ
君もそれでいいよね
どうしたら一緒にいられるか考えよう

心配しないで
これからの僕を見て
少しでも疑念があるなら　そのたびに僕に言って
僕は絶対に　君に寂しい思いをさせないよ

僕だって君と同じだよ
僕だって　怖いんだ
君を好きになりすぎてしまうのが　怖いんだ

どうせ終わるなら始まる前に、と
思った時もあったけど
僕はもうすでに始まってしまっていた
だから終われない
確かなものが欲しいと　焦っている

君を急かすつもりはないけどさ

【33】††

君と出会って初めて
自分ではどうにもならない気持ちがあることを知った

君と出会って初めて
世の中が意外とシンプルに回っていることを知った

君と出会って初めて
大切なものは自分から守らないと失うことを知った

君と出会って初めて
誰かと心を通わすことの尊さを知った

君と出会って初めて
僕が本当に望んでいるものが分かった

君と出会って初めて
僕は自分自身の生き方を見つけることができた

【34】††‡

僕は不器用だから
君の男友達のように
あんな軽い感じで　君を誘えない
だけど
分からないことも多いけれど
僕はちゃんと君のことを考えている

君とちゃんとしたい
君とちゃんとしたいと　僕は思っているんだよ

僕は人を好きになると、幸せな感情だけではなく、自分の自信のなさからくる「相手が自分から離れてしまう不安」など、負の感情にも悩まされることが多い。

「何かを得るためには、何かを捨てなければいけない」という法則があるならば、僕は何かを得ることよりも何かを失うことの方を恐れるタイプの人間だ。

だから、相手と仲良くなろうとすることに躊躇する。今のこの状態だって、まったく不幸というわけではないのだ。実際、「なるようにしかならない」のだから、考えても無駄なことは考えず、流れに身をまかせればよいのだけれど、それをいくら頭で分かっていても実際にはできない。

相手と仲良くなれたと思っていても、もしここで自分の抱えている重い気持ちを相手に伝えたら、相手がひくかもしれない、自分から離れてしまうかもしれないと思って、怖くて気持ちを伝えられない。それでもここはちゃんと伝えるべきだと思うけれど、結局体が動かず、「あー、もうっっ」と、もどかしさにジタバタする、その繰り返しだ。

相手にうまく気持ちを伝えられなくても、もし相手が次に会える約束をくれたら、僕はその約束の日まで待っていられる。"約束"の力はすごいと思う。

Scene 2　片想い

【35】†‡

君を見ていたいけれど
どうしたら君に会えるか　分からない

君の声が聞きたいけれど
どんなふうに君に話しかけたらよいか　分からない

君のことをもっと知りたいけれど
どんな理由でなら君のそばにいられるか　分からない

【36】†‡

僕が君を好きなのを
君にばれたら　どうしよ
いつも君のこと　見てるから
何度も目が合って
その度に何でもないフリして視線を外す
さすがに不自然
普通、気づくよな

君への想いを伝えることは　絶対に無理で
君に話しかけることすらできない僕を
君に臆病者だと思われたくなくて

【37】††

「君が好きだ」って言ったんだ
なんか　流れで
言うつもりもなかったのに

いつもの仲間で遊んでいる時
なんとなく好きな人の話になって
初めははぐらかそうと思ったんだけど
嘘をついても仕方がないと思って
君が好きだと言ってしまった
友達にはひやかされ
君は少し困った顔で
僕はどうしたらよいのか　分からなくなった

言わなきゃよかった
こんなこと　言わなきゃよかったよ

【38】††

あぁ、君が好きだ
僕が君を好きだと言ってから
君に避けられていたけれど
それでも僕は君のそばにいたくて
君に好きだと言い続けて
君が根負けしたのか　僕の気持ちを受け入れてくれた
君の柔らかな唇と体温を全身で感じて
あぁ　僕は君が好きなんだと　はっきり自覚した

もう僕を避けないでくれるかな
気にしていないフリをしていたことに
自分でも気づいたよ
こんな僕だって　君に避けられると
いつもちょっとは傷ついていたんだよ

君を知ってしまったから
もっともっと君を好きになってしまったから
君に避けられると　僕はもう耐えられない

【39】††

親友の彼女を好きになってしまう理由を考察してみた

僕と親友は　いいと思う感覚が合うから友達になって
親友と彼女も　いいと思う感覚が合うから付き合って
だからきっと僕も
親友の彼女といいと思う感覚が合うんだ
親友ののろけ話を聞かされ続けてる、ってのも
あるかもしれないけれど

彼女の見ている世界は　本当に素敵だな、って思う
少しの会話と物腰で　それがすぐに分かったよ
叶(かな)うことなら彼女とずっと一緒に話していたいけど
そうゆうわけにもいかなくて
彼女のことは見ないように　離れて歩いた

なんかこの立ち位置
切なくて　少し寂しいなと思う

【40】♰♯

君に僕の気持ちを隠していた
知ってしまえば君は困るだろう
だって　君には恋人がいるわけだし
君は彼と　うまくいっているみたいだし

僕だってどうしたいのか　分からないんだ
万が一　君が彼をふって僕のところに来たとしても
そんな君は　僕の好きな君じゃないと　思ってる

君と目が合ってしまえば　隠しとおせない
僕の本当の気持ちが　見透かされてしまう
だからなんとなく　なんとなく
君を見ないように
君から距離をとったんだ

【41】♰♪

いつの頃からか君は
僕と話をしていても　どこか上の空で
あぁ　そうか
君は僕といても
君が見ている景色の中に　彼(ヤツ)を探していたんだ

君のハンカチとかマフラーとか
今までの君なら選ばない色が増えていって
あぁ　そうか
僕はいつも君を見ていて
君が好きな色もよく知っているけれど
君の色を変えることなんて
できなかったんだな、と思った

君をどんなに知っている僕でも
君をいとも簡単に変えてしまうヤツには
君に与えるインパクトという点において敵(かな)わないんだ
君を大切に想う気持ちは　負けていなくても、
君を幸せにする覚悟は　負けていなくても、だ。

【42】†‡

君なんか好きになるんじゃなかった
いつも君は　何考えてるか分からないし
いつも僕は　君の顔色をうかがっている

君なんか好きになるんじゃなかった
いつも君は　遠くを見てため息ついて
僕の言葉なんか　届かない

君なんか好きになるんじゃなかった
いつも君の態度は不可解で
僕はその解釈に　ひどく悩まされる

【43】†‡

ハグされて　キスされてから
君の頭の中は　彼でいっぱいになった
なんだ　こんな簡単な方法でよかったのか

彼^{ヤツ}に先を越され
僕の入り込む余地は　残っていないのか

【44】†♯

君にキスしてしまったから
僕はもう言い訳できないよ
僕はそういう意味で　君を愛してる
だから君もはぐらかさないで教えてよ
僕にキスされて　どう思ったのか
嫌じゃなかったのなら　きっと君は僕を好きになる
僕はあれから　何度でも君とキスしたくなったよ

【45】†‡

なんか
あんなふうに　優しくされて
勝手に僕が期待して
断られて

もう　このまま会わないで
連絡もなく　そっとしておいてほしい

【46】†‡

君が好きだから
君が僕にくれた　どんな些細な行動にも
期待して

君が好きだから
どんなくだらない君の噂話にも
疑心暗鬼になって

【47】††

君はひどい
恋人と別れるつもりもないくせに
僕に優しくする
僕の君への友達以上の気持ちを
なかったことにする

それを分かっていながらも僕は
君の誘いに嬉々として応じるのだ

【48】†‡

もう何年も　何十年も君に会っていないのに
君は時々　夢の中に現れては　僕を戸惑わせる
何故　今　君なのか
夢の中の君は　ただ笑っているだけだ

昔は僕も
出会いたければ　無限に誰とも出会えると思ってたし
なりたければ　どんな自分にもなれると思っていた
けれども本当は　本当はそうではなくて
会える人も時間も　限られているし
なれる自分が　単に分からなかっただけだ

僕たちはたくさん話をし　笑いあっただけで
君とは何も始まらなかったし
何のわだかまりもなく　離れたけれど
君のことは忘れたくないよ
あの頃の僕の思い出には　あの頃の君が不可欠だ

自分がどんなに相手のことが好きでも、相手が自分のことを好きだとは限らない。この先、好きになってもらえる保証だってない。それは当たり前のことで、自分でも分かっているのに、好きなのはやめられない。

　相手が自分のことを好きではないと感じるたびに、傷ついている自分がいる。そんなことを繰り返しているうち、自分が傷つかないように距離をおこうとさえしてしまう。そのうちに好きな相手に恋人ができて、もうどうにもならない状況なのだけど、やっぱり僕はあなたが好きなままなのだ。

　世の中にはこれだけ大勢の人がいるのだから、もっと素敵な相手に出会えるかもしれないと自分を慰めるけれど、たいていはそんな人には出会えない。人生には限りがある。それは分かっておいた方がいい。だから、〝この人〟と決めた大事な人とは、何があっても離れちゃ駄目なんだ。

【49】†i

君が僕に連絡をくれないと
僕は世の中すべてから　見放された気分になって
君につらくあたってしまう

僕にとって　君が僕のすべて
どうして分かってくれないの

誰かを愛し　愛されていない自分は
生きている価値がないような気がして
いつも誰かを探している

そんな僕は　恋愛依存体質なのだろうか

【50】†‡

僕は君を大切にできない
君のことを考えると胸が苦しくて
何もかも　手につかなくなって
自分で自分を制御できなくなる
みんな君のせい
それなのに　君は涼しい顔で
僕のことは　何とも思っていないんだ
なんで僕だけが
こんなに苦しい思いをしなくてはならないんだ

君と一緒にいたいけど
君といると　どうしようもできなくなる自分が嫌で
僕は怒ったようになって　君を傷つける
君にひどいことを言う
乱暴に君の腕を掴み　振り払う
自分でもどうしたいのか分からないんだ
君に優しくされるのも嫌だし
君を苦しめるのも嫌だ
こんな自分を晒すのも嫌だ

64

【51】†‡

大事な人を大事にできる　自分になりたい
あなたの笑顔を　曇らせたくない
それなのにあなたを見ると　僕は苦しくなって
あなたの気持ちを　確かめもせずに
僕は強引に　あなたと深くつながろうとする
こんなことは許されるはずもない
だけど僕は　あなたの愛し方が分からない

あなたが僕を避けるからいけないんだ
僕があなたをどうしようもなく好きなことを
あなたは知っているはずだ
こんな弱い自分を　見透かされ　見下されたようで
腹が立つ

【52】†‡

君のことを想うと　苦しくなるばかりで
君のためになるものを
何も持っていない自分が　嫌になるばかりだ
せめてもの救いは　この僕の生きている世界が
大切な意味を持つようになったと思えることだ

君と一緒にいたいだけなのに　うまく近づけない僕と
君のことを　一瞬でも忘れさせてくれない僕とで
どうしたらいいのか
どう考えたらいいのか　分からなくて
苦しいことばかりだ

だけどせめて　君の生きているこの世界が
愛おしく　大切に思えるようになった
君の世界にも　僕がいればいいのに

【53】†‡

相手の立場を考えず
自分の感情に振り回されるのが　子供だというのなら
この感情を定義する言葉が欲しい
この気持ちの正体が分かれば
僕はもう少しうまく戦えるのではないか

【54】†‡

あの時の僕は　ちゃんと笑えていたか？
君をちゃんと　祝福できていたかな
僕の中のドロドロとした感情を
ちゃんと押さえ込むことは　できていたか？

君の前に僕を晒すんじゃなかった
こんな自分は　見たくなかった

【55】††

君に会いたいのも　結局自分のためで
君と一緒にいたいのも　結局自分のためで
君といっぱい話したいのも　結局自分のためで

結局　僕は自分のことしか考えていない
君がどう思うかよりも
結局　自分のことばかりだ

君を困らせるばかりで
僕はこんなに自分勝手な人間だったのかと思う
君の本当の気持ちが分からなくて　もどかしい
君が好きなのに　近づけない

【56】††

君に会えない切なさも
君の心が読めないもどかしさも
君の態度に傷つく胸の痛みも
全部　最初から僕の中にあったんだ
君が悪いんじゃない
もともとあったものを　君が引き出しただけなんだ

知らなかったよ　僕がこんなに弱かったなんて
知らなかったよ　僕がこんなに嫉妬深かったなんて
知らなかったよ　僕がこんなに自制できないなんて

【57】†‡

会えない夜を乗り越える方法も
君を大切にする方法も
君と楽しくなる方法も
全部　君が僕に教えたんだ

僕の中の汚い感情を全部
君がきれいな気持ちに変えたんだよ

【58】†‡

君との関係を続けたいのなら
自分の弱さに向き合うことだ

君と僕は似ているから
僕は君を好きになったのかもしれない
だけど　君と僕は似ているから
僕の弱いところと同じものを　君も持っていて
もう少しうまくできないものかと　イライラする

共感はできるけど
傷を舐め合うだけでは　前には進めない
君も僕も　解決方法を知らないのだ

大体それで駄目になる
自分の弱さを直視できずに　君を責め
君との関係が終わるのだ

【59】††

誰かを好きになるということは
自分の弱さに　向き合うということだ
考え方を少し変えれば済むことなのに
あの頃の僕は　何もかも見えなくなっていた

僕との電話中に　寝落ちしてしまう君を責めたり
君にうまく近づけなかったのは　僕の問題なのに
その気もないのに僕に近づくなと　君に説教した
そんなことをし続ければ
君が離れてしまうのは　当たり前のことで
いつも不機嫌な僕に　君は愛想を尽かして
僕の恋は終わった

どんなに想いが募っても
どんなに気持ちが急いても
僕が勝手に苦しくなっているだけなのだから
君を責めるべきではなかった

君の幸せを一番に考えなくては駄目だ
好きから出た行動はすべて　許されるわけではない
好きのエネルギーは　正しい方向に向けるべきだった

【60】†i

恋愛感情というのは
ただのエネルギーのようなものだから
それ自体　良いも悪いもない
使い方次第で　良くも悪くもなる
お金も一緒　原子力技術も一緒
使い方次第で　良くも悪くもなる

だからそのエネルギーを
相手を束縛したり
嫉妬で自分を苦しめたりするのに使うのではなく
相手を幸せにする力に
自分を向上させる力に　変えることだ

ちょっと見方を変えてみて
そうすることで　君は何も失ったりはしないから

誰かを好きになるということは楽しいことばかりじゃない。自分に自信のない僕は、好きな相手を素敵だと思えば思うほど、自分の駄目なところばかりに目がいって、「きっとうまくいかないだろう」と先回りして考え、予防線を張った。相手のことでこんなにも自分が心乱されてしまうことに、自分のプライドが許さなかった。これは自分の感情を自覚して、言葉で定義してから気づいたことで、その渦中にいる時は分からなかったことなのだけれど。

相手のことを想う時、何か落ち着かなくて、イライラして、何故だかつらくて、相手の前でどう振る舞ったらよいか分からなくて、相手にひどいことを言ったり、ひどいことをしたりして、「(あなたを傷つけてしまうから)」もう自分には近づかないで」と心の中でひたすら願うばかりだった。自分では自分をどうにも制御できないし、この気持ちをどう整理して理解したらよいか分からなかった。

でもね、あなたが僕の気持ちを正しく受け止めてくれた時、今までの苦しみは僕が思うほど醜いものではなくて、よくある簡単なことだと分かったんだよ。

【61】†‡

誰もあなたの代わりになんか　なれやしない
そんなこと　当たり前のことなのに
何故僕は　分からなかったんだ

抱きしめた君は　温かかったけれど
僕は前よりもっと　苦しくなった
自己嫌悪に陥った
君はあなたの代わりになれない
僕は君を傷つけた
僕はあなたでないと駄目だということを　思い知った
君では　どうしたって僕の心は動かないんだ

だから一人の方がまだマシだ
楽でいい
もう誰も傷つけたくはない
そうしたくないのに　僕は周りを傷つける
あなたへの想いをどうすることもできない僕は
周りの人を、あなたさえも　傷つける

【62】†‡

あなたに会いたいと思うのは
　　　　　　現実には会えないからで

あなたに触れたいと思うのは
　　　　　　現実にはあなたとの距離を
　　　　　　　　　　　感じているからで

渡せない手紙をあなたに書くのは
　　　　　　現実には僕の想いが
　　　　　　　　　あなたに伝わっていないからで

僕の願いはみんな
叶わない現実の裏返しだ

【63】†‡

どんなに僕が　あなたを好きでも
　　　　あなたには迷惑なだけで
どんなに僕が　あなたを想い胸が痛くなっても
　　　　あなたには関係のないことで
どんなに僕が　あなたにこの気持ちを伝えたくても
　　　　あなたには面倒なだけで

それが分かっていながらも僕は
　　　　　　　　あなたへの想いを断ち切れないし
余計　苦しくなるだけなのに
　　　　　　　あなたに会いに行ってしまう

【64】††

もうこれ以上　僕に近づかないで
もうこれ以上　僕に優しくしないで
僕はあなたに好かれるものを　何も持っていない
あなたに嫌われたくないんだ

遠くからあなたを見ているだけで　僕は幸せで
それ以上のことを望む勇気が　僕にはない
あなたに失望されるのが怖いんだ

あなたは僕のことをどう思っているの？
何とも思っていないのなら　僕をそっとしておいてよ
僕は自分の気持ちを　止められなくなってしまう
僕はまた　間違ったことをしてしまう

【65】†‡

僕が一緒に生きたいと思ったのは
後にも先にも　君だけだ
あの頃はタイミングが合わなくて
別れるしかなかったけれど
僕が人生を共にしたいと思うのは　君だけだ

だから僕は　一生一人で生きていく
それが僕のこだわりであり　覚悟であり　誇りだ
君以外の人は考えられない

もし君に再会できたとして
それでもし仮に　君がフリーだったとしても
その時に僕がフリーでなければ
君と一緒になれないでしょ

【66】†‡

恋人としては　君にふられたけれど
僕がへこんだ時
思い出せる君がいて良かった
君なら
「そんなことで悩んでいたの？」と笑いとばすだろう
僕が見失っていた当たり前のことを
僕に気づかせてくれるだろう

僕がカッとなった時
思い出せる君がいて良かった
問題をあからさまにしてしまえば
君は僕以上に腹を立て　手がつけられなくなるだろう
だから僕は踏みとどまれる

僕が風邪で寝込んでいる時
思い出せる君がいて良かった
体はしんどいけれど　君を思うと少し楽になった
君も心配して電話くれる
風邪がうつると言って　会いには来てくれないけれど

僕がハニートラップにかけられそうになった時
思い出せる君がいて良かった
君でなければ意味がないんだ、って
どんな美人にも見向きできないから
思い出せる君がいて良かった

【67】†

本当に好きなら　諦めなくていいんじゃない？
今は時期が合わないだけ
ずっと好きでい続ければ
ずっとあの子の近くで見続けていれば
きっと気づけるよ
ちょうどいい　タイミングに

好きだという気持ちは絶対に消せないので、無理に消そうとすれば余計に苦しいし、無理に別の人を好きになろうとすれば、もっとややこしいことになるのだと思う。「好きな気持ちは無理に消そうとしない」は、それはそれでいいんじゃないだろうか。両想いになれなくても、完全に離れてしまわなければ、それはそれなりに幸せで、何かのきっかけで「一生添い遂げた」という話も実は珍しくない。単に最初の段階で二人のタイミングが合わなかっただけだ。だから僕はここで、「好きな気持ちは無理に消そうとはせず、完全に離れてしまわないようにすること」を提案したい。

僕はあなたから手を離してしまったことを今でも後悔している。僕があなたにとっての一番になれなくても、僕があなたを好きなままでいることを自分自身に許したなら、僕は今よりもっと自分を好きになれただろう。好きなものを集めてできた僕ならば、きっと好きな自分だ。

たかだか二十年ちょっとであなたに出会えて、たかだか五年ちょっとで僕はあなたを忘れようとした。忘れることなんてできないのに。あなたのいないそれからの僕の人生の、なんと長いことか。

Scene 3　二人

【68】†‡

僕が好きになる人には
だいたい恋人がいて
またこのパターンかと思う
僕に必死でアプローチしてくる人は　苦手なんだ

僕がふられるのは
だいたい"他に好きな人ができた"からで
またこのパターンかと思う
相手との関係を育てられず　飽きられてしまうのだ

【69】††

「好き」のタネは
いつもそこらじゅうに転がっているのに
気づけない
気づけないから　拾いもしない
もしそのタネを拾って　大切に育てられれば
きっとすてきな花を咲かせるよ
今までの世界観が　変わるような

そのタネはなかなか芽が出ないかもしれない
芽が出ても　放っておいて枯れてしまうかもしれない
水をやり過ぎても駄目だ
日に当てすぎても駄目だ
そのタネにとって　ちょうど良い育て方がある

そのちょうど良い育て方を
僕はどうやって　見つければいいのだろう
僕の両腕に　すっぽりおさまってしまうほどの
遠慮して本当の気持ちを教えてくれない
君との関係の育て方を
どうしたら僕は　見つけられるのだろう

【70】†‡

LINEでも何でも
僕たちは深く考えずに　すぐに繋がれる時代だけど
君に会えない時間　君から連絡が来ない時間が
君への想いを育てる

君が連絡をくれないと
君にとって僕はどうでもいい人間なのかと
君を信じられなくなりそうになるけれど
初めて会ったあの日
嬉しそうな君の横顔を
僕の話をねだる君を
また会いたいと約束を取りつける君を
僕の声が聞きたいと突然電話してくる君を　思うと
君を少しでも疑った自分が　ばかばかしくなる

こんな時間がなければ気づけなかった
君の僕への想いと
僕の君への想い

【71】†i

僕たちは一緒にいても　見ている景色が違う
当たり前だ
外見も　育った環境も　違うから
でも　それでいいんだ
君がいいと思う映画と　僕の好きな映画が違っても
違うから新しい発見があり　面白いんだ

愛し合っていくことを確認し合った僕たちだけど
どんなに長く　君と一緒に過ごしても
いつも僕の方が「好き」に溺れてしまっていると思う
「好き」になり方も「愛する」方法も
違って当たり前なのに

だから切ないんだよ

【72】†‡

君は返事に困るだろうから
　　　　　　僕は君に好きだと言えないよ
君は僕の行動の意味に悩むだろうから
　　　　　　僕は君を抱きしめられないよ
君は笑って受け流せないだろうから
　　　　　　僕は君にキスできないよ

僕は本気で君が好きだけど
その気持ち以上に　君を大事にしたいと思ってる
君の心の準備ができたら教えてよ
すぐにでも君のもとへ　飛んでいくから

【73】†i

ふとしたことで　僕が知らなかった君を知る
あんなにずっと　君のこと見ていたのに
いろいろなことを　話してきたのに
僕は知らなかったんだ

僕は　僕の知らない君に嫉妬したようになって
拗ねた気持ちになる
聞けば君は答えてくれただろう
だけど僕が聞くことすら思いつかなかった話だ

君の新たな一面を知って　何度も思い返すうち
あの時の君の言葉　行動の意味が分かった
君をもっと好きになった

君を知るのが怖い
君をもっともっと好きになって
僕がどうなってしまうのか
予想がつかなくて　怖い

【74】ti

離れれば求め合い　近づけば傷つけ合う僕たちは
大好きな君に嫌われたくないから　遠慮して
本当の自分をさらけ出せなくて
弱みを見せられなくて　好きだと言えなくて

本当は　本当はね
君が僕とずっと一緒にいてくれるなら
君の心が僕から離れていかないという確信があるなら
僕は君にすべてを捧げられる

君の気持ちが知りたいから
僕は君にひどいことを言う
君をためしてる
そんなことをしても　君を傷つけるだけなのに
そんなことをしても　自分が切なくなるだけなのに

君が大好きで
君を好きになればなるほど大きくなる不安は
君にしか和らげられないものだとしても
君にどうにかしてほしいと思うのは　お門違いだよね

この苦しみを引き受けられないのなら
恋なんてしちゃいけない

【75】††

だから、何でも話して、って言ってんじゃん！
遠慮しないで　何でも言って
僕たちは　同じ方向を向いているように見えても
日々の出来事でベクトルはすぐにずれてしまうから
すれ違ってしまうのだ
毎日、毎日
ずれを正す作業をしなければ駄目なんだよ

あなたが日々感じたことを僕に教えて
良い感情だけでなく　悪い感情もすべて
僕はそれらに名前を付けて
向かうべき方向を指し示してあげるよ

守るべきものは　僕たち二人の幸せなんだよ
どちらか一方が我慢していては
どちらも幸せになれないんだよ

相手との関係を築くためには、会えない時間も大切にすることだ。一人になって相手のこと、自分のことを考え、初めて気づかされることも多い。相手のすべてを知ったつもりになっても、知らないことはある。相手が隠していたわけでも自分を裏切ったわけでもないのだけれど、自分に自信がない僕はすぐに不安になってしまう。

近づけば近づくほどお互いを傷つけてしまう「ヤマアラシのジレンマ」という言葉があるが、相手のことが好きで近づけば近づくほど、相手の些細な行動が気になり、結果、相手を傷つけてしまう。そもそも相手のすべてを知り、すべてを理解するのは不可能だ。好きになりすぎると、そんな当たり前の前提も分からなくなってしまう。「好き」の温度が全く同じことはあり得ないし、同じくらい好きでも、「好き」の表現の仕方が違うだけかもしれない。それなのに、小さな不満から相手をなじり、その後は自己嫌悪に陥って、いいことなんて何もないのだ。

僕の望みは、あなたも僕を好きに想ってくれて、あなたとずっと一緒にいられるという確信なのだけど、どうしたら何の疑いもなくあなたを信じることができるのだろう。あなたが悪いのではない。自分に自信がない僕自身の問題だ。それを分かっているのに、いつもあなたに僕の安心を求めてしまう。どうか、そんな僕をうざいと思わないでほしい。

【76】††

「こんなにもあなたが好きなのに
どうして分かってくれないの？」
ことあるごとに君が問う

僕がいくつ愛の言葉を返しても
君には届かない
それは君が本当には　僕を見ていないから
不安ばかりが先走っている

ねえ、ちゃんと僕を見て
僕はいつも君の隣にいただろ？
僕は君の不安を和らげることはできないのかな
君は僕の言葉に耳をふさぎ
正体不明の不安にばかり目を向ける

何べん好きと言えば　君は許してくれるの？
僕はいいかげん　うんざりしている
言葉を尽くすよりもっと
僕の君へのまなざしや
君の隣で僕がいつも君にしていることが
君への愛情を雄弁に語っているだろう？

君のその不安は
愛を求めて愛されなかった経験によるものなの？
いや　多分
君は僕のことを　本当には愛していない
だって　愛し方を知らないでしょう？

こっちへおいで　僕が教えてあげるよ

【77】††

君は僕を映す鏡だ

だから僕が君を好きになった時
君が僕に笑顔を返してくれたんだ

だから僕が君に何かしてあげたいと思った時
君が優しく僕を撫でてくれたんだ

だから僕が君と一緒にいたいと思った時
君は僕の背に頬をつけて
僕に腕をまわしてきたんだ

だから僕が君の本当の気持ちを知りたがった時
君は泣いていたんだ

君の心が透きとおってきれいに見えたのは
僕が君に混じり気のない信頼を寄せたからなんだよ

【78】††‡

君に訊きたいのに　訊けないことばかりだ

どうして僕の気持ちにOKくれたのに
どうして僕の前であいつと仲良くするの？
　　　　あいつと何話してたんだよ
どうして僕に嘘ついて　あいつと会っていたの？
　　　　あいつと何してたんだよ
どうして僕のこと好きじゃないのなら
　　　　　僕との関係をばっさり切ってくれないんだよ

君に訊きたいのに　訊けないことがたくさんある
君を信じたいのに　信じられない
君はきっとはぐらかす

【79】††

ごめん　僕は君に謝ることしかできない
僕は君を守りきれる自信がないよ
君を連れ出せたとして
僕のものになってくれたとしても
今以上に君を幸せにする自信がないんだよ
「先に僕と出会っていれば良かったのに」
という言葉は
何の慰めにもならない
過去は変えられないのだから

こんな僕でも君は　後ろから僕をぎゅっと抱きしめて
「いいよ」と言ってくれるだろう
君と出会ってからずっと
僕は君の優しさに甘えている

君が好きなのは本当なんだ
君と一緒にいたいのは本当なんだ

僕の頭を撫でながら
「分かってる」と君は言う
そして少しの間をおいて君は
「仕方ないよ」とつぶやく

君に我慢させ
君に嘘をつかせ
君に罪を重ねさせている僕は
きっと地獄に堕ちるんだ

【80】†‡

君の嫉妬が
僕に昔の彼女を思い出させる
苦い胸の痛みとともに

終わったことにできないのは　君の方じゃないか

　　　　　　　僕の昔の彼女に君が嫉妬するのは
　　　　　　　　全く意味のないことだよ
　　　　　　　僕はこっぴどくふられたんだ
　　　　　　　元に戻れるとは思っていないし
　　　　　　　　元に戻るつもりもない

　　　　　　　　新しく歩き出した僕が
　　　　　君と一緒にやっていこうと決めたんだ
　　　　　今の僕は　あの頃の僕とは違うんだよ

【81】††

君から電話がかかってきて
一瞬にして僕は　君の優しい声に包まれる
張りつめていた緊張感が一気にとけて
僕は甘えた声を　君に返す

あぁ　早く君に会いたいよ
君に優しく触れられたい
僕を放っておかないで
君と正面から向き合いたいんだよ
今夜　会えるかな

君の生活の邪魔をするわけにいかないから
おとなしく　行儀よく
僕は何日でも一人で　君からの連絡を待っている

君に嫌われたくないから
言いたい言葉のほとんどを
僕は言えずに　のみ込んでしまっている

【82】†† †‡

あの人のことを考えると　あの人に会うと
いつも　心乱される
穏やかではいられない
あの人は　僕とのこれからを考えていないから
いつも最後には　けんかになる

あの人は刹那的に僕を愛する
今までの誰に対してもそうであったように
あの人は　僕とのこれからを考えていない
僕はあの人と一緒に
幸せになりたいだけなのに

あの子とならどうだろう
あの子は僕に
「一緒に幸せになろうよ」と言ってくれる
僕が落ち込んだ時は　心配してそばにいてくれて
僕が前に進めない時は　そっと背中を押してくれる
あの子となら
あぁ、きっと穏やかな日々だ

僕はあの子を好きになれるだろうか
僕はあの人のことを忘れられないよ
それはあの子に対する裏切りではないのか

【83】†‡

僕が困っている時
君は全力で僕を助けてくれた
よく考えてみれば
ふつうの親切以上の親切だった

それは君が僕に特別な感情があったから
してくれたことだと気づいて
まるで僕が君の気持ちを利用したみたいで
僕は自分が嫌になった

僕は君が好きだし　信頼もしているけれど
君をそんなふうにさせてしまう自分が嫌だった
なんか、よく分からないけれど
君には弱い自分を見せられない、と思った

僕が君を好きだからなおのこと
いつも頑張っている君を知っているからこそ
君の大切な時間と労力をとらせたくないんだ

【84】†‡

僕は　君を間違わせないために
生まれてきたのではないかと　時々思う

君はとにかく無茶苦茶だし
まっすぐすぎるくらい　まっすぐで
ぶつかってばかりだ

君から目を離せない
君の心が泣いていないか
いつも気になって仕方がない

【85】††

もうあなたの助けはいらないと言って
勝手に飛び出して
それなのに
自分だけではどうにも立ち行かなくなって
結局　あなたに助けられる

いつも僕はあなたに守られている
こんな情けない自分がふがいなくて
だけどそれを認めざるを得ない

気持ちは伝染する。自分でも優しくされると優しさを返したいと思う。好きな相手が、自分と同じように想って返してくれるのは、とても嬉しい。もし相手の態度で気になることがあったら、自分の態度を振り返ってみるといい。思い当たることがなければ、相手自身が何か問題を抱えているのかもしれない。

誰かを好きになればなるほどの価値のないことでも、あるいは決定的に駄目だと分かっている状況でも。嫉妬するほどの価値のないことでも、あるいは決定的に駄目だと分かっている状況でも。この負の気持ちはやっかいだ。

誰かに好きな人をとられるという心配がなくても、その人とどう人生を過ごしたいかというちょっとした気持ちのずれで、どこか満たされない想いを抱えていくこともある。自分ではどうすることもできない細かいことが気になってしまう僕は、いつまでたってもこの負の感情を正の感情に昇華できない。

誰かが「気になる」ということは、もうその時点でその人のことが好きで、何とかしてあげたいと、しまったということかもしれない。その人のことが好きになってしまったということかもしれない。その人のことが好きで、何とかしてあげたいと、何かしてあげられないかとやきもきする。同じ落ち着かない気持ちでも、これは正の方の感情だろう。

【86】🎼

もし生まれ変わるなら　僕は木になりたい
誰も傷つけない
ただ　与えるだけの存在に

同じことがあっても
全然　気にならない人もいるし
気にして落ち込む人もいる
僕の場合は間違いなく後者だ
またしても相手を傷つけた
もっとうまく立ち回れないものかと　いつも思う

それでも　そんな僕の話を
君が笑って聞いてくれるなら
今までのことは
全然どうでもよくなってしまうほどに

君の力は　絶大だ

【87】†‡

君といると　嫌いな自分を見なくて済むんだ
自分に自信がなく　引っ込み思案な僕だけど
君に称賛され
君に励まされ
君に守られ
君を大切に思う
そう　君に優しくするだけで　君は喜んでくれた

最近の君は元気ないよね
僕は君のどんな小さな変化も見逃さないよ
君の好きなお菓子と　温かい紅茶を用意して
部屋を暖かくして　君を待っているから
朝まででも　いつまででも
君の話に黙って付き合うから

外では雪が降り続く
早く帰っておいでよ

【88】†¡

君が好き
こんなふうに君が好きな自分も好き
僕が最初に見つけたんだから
誰にも譲る気はないんだから

誰かに君を見つけられる前に
君を僕色に染めてしまおう
人前で僕らの親密さを見せつけよう

君を僕だけのものにしたい
君が僕ではない他の誰かと仲良くするのは嫌だよ

【89】†‡

僕にとって一番大切なことは何か
ずっと探し続けて　それが見つかってから
他のたいていのことは　どうでもよくなった
他人の評価も　嫌がらせも
どうでもいいことだから　僕の心は乱されない

裏を返せば　一番大切なことは致命的になる
だから大切な君は隠しておく
誰にも見つからないように　隠しておく
僕の気持ちも　君以外には隠しておく

【90】†‡

僕が一番大切にしていること
君との楽しい時間を作ること
君とのあたたかな思い出を　積み上げていくこと
君との絆を紡ぐこと
君が進むべき方向への　手助けをすること

そして　僕があたたかな気持ちになること
僕が進むべき方向を間違えないこと
正しくあること

これ以上に大切なこと、ってある？
この大切なことを守るために　僕は生きている

【91】♰♯

僕の気持ちは　１ミリも変わらないのに
僕をためすようなことをする君に　うんざりする

それならば　君の挑発にのってやろうじゃん
格好いい王子様を演じてあげる
君の手をとり
「悪いね、俺のだから」
と言って君を連れ出すから
君もちゃんと台本通りに動いてくれよな

君が誠実に対応しないのなら
僕はもう　君のそういうのには
付き合ってられないからな

【92】††

僕は　こんなふうに君と一緒にいていいのかな
僕は　君の未来を奪ったり
誰かを傷つけたりしては　いないのかな

僕の問いかけに答えてくれた　君の迷いのない言葉に
僕は嬉しくなった
やっぱりそうだよね
ありがとう、って言いたい

君は言った
「人がなんと言おうと　自分には関係ないし
自分の幸せは自分で決める」と
君が少し考えてから発した言葉は力強く
僕の迷いをあたたかく溶かしてくれた

【93】†‡

運命の人は　会いたいときに会えない
会っていたとしても　気づけない
そんな当たり前のことを
後から分かっても　もう遅い

結婚と仕事は両立しないものではないし
結婚と低収入も相いれないものでもない
そんなことは問題ではない
一緒に乗り越えていく気持ちが
お互いにあるかどうかなんだ

もし僕があの頃の僕に何か言えるなら
その子と一緒になりなよ、と
抱えているたくさんの問題も
その子となら一緒に乗り越えていけるよ
その選択は間違いではないよ
と教えたい

自分に自信がなくて、これまで自分のことをなかなか好きになれなかった僕だけど、少しでも自分を好きになれる方法を発見した！　それは、何の疑いもなく好きな人のことを「好きだ」と自覚し、その人を思いやる行動にうつすことだ。好きな人には、好きじゃない僕自身をたとえ少しだけであっても好きにさせてくれる絶大な力がある。

自分のことを好きになれないならば、無理に好きにならなくてもいい。好きな人と出会えたなら、その人のことをちゃんと好きだと自覚して、その気持ちを大事にしていこう。そうするうちに、ふと気が付けば、まわりまわって自分のことも好きになっていたりする。

好きなものを集めてそれが自分になっていく。　好きな自分になれる。

【94】†♮ ♯†

君は顔を上げ
遠くからでも　僕を見つけて
笑顔をくれる

それだけで僕は嬉しくなって
今日という日を　頑張れる気がする

いつもどこか気にかかるあなたは
雨に転んで　情けなく見える時もあるけれど
かわいらしい花束を抱えてくる時もある
どんなあなたもあなたらしさが出ていて
私は素敵だと思う

【95】†‡

抱きしめると　君の匂いがした
うん　これだ　僕の好きな匂い

離れて過ごす時間が長くなると
心が折れそうになると
ここに帰りたくなる

君は僕に力をくれる
今僕が頑張れるのは　君がいてくれるからなんだ

【96】†‡

君といる時の僕は　優しい自分になれる
　　　　だって　君の喜ぶ顔が見たいから

君といる時の僕は　諦めない自分になれる
　　　　だって　君が「大丈夫だよ」って
　　　　　　　　　　　励ましてくれるから

君といる時の僕は　格好いい自分になれる
　　　　だって　君は僕を褒めて
　　　　　　　　僕に似合う私服を選んでくれるから

つまりは、君といる時の僕が　僕が一番好きな自分だ

【97】††

話しかけたら　喜んでくれて
メールしたら　すぐに返事くれて
呼び出したら　僕を待っていてくれて
抱きしめたら　ぎゅっとしてくれて
朝目覚めたら　まどろみの中の君が
　　　　　　　僕の背中に腕をまわし
　　　　　　　　ほほえみかけてくれる

どういうんだろ　この幸せな感じは

【98】††‡

初めは
ただただ　あなたを見ているだけで幸せだった
だけどそれだけでは　だんだん満足できなくなって
あなたと話がしたくなって
あなたに僕の気持ちを知ってほしくなって
あなたにも僕を好きになってほしくなって
あなたの力になりたくなって
あなたに頼ってほしくなって

だから僕はもっと
しなやかな強さと　すべてを受け止める優しさを持った
あなたを幸せにできる人間になりたい

【99】†‡

初めて君の写真を見たとき
目なんか　くりっくりで
なんてかわいい人なのだろうと思った

すぐさま僕は君に会いたいと伝えて
君にOKもらって　実際に会ってみると
もっともっと君を好きになった

「私とどうしたいの？」と君に詰め寄られて
僕だけのものになってと言うのもおこがましくて
「また　会ってください」とお願いした

君の帰りをただ待っているだけでは手持ち無沙汰で
夕飯を作ってみたら　君がとても喜んでくれて
君のおかげで僕は料理がうまくなった

君と一緒にいたくて　君と暮らし始めたのに
君の帰りが遅くなると　悲しくなって涙が出た
帰ってきた君は驚いて　僕を抱きしめてくれた

何か不満はないのかと　君に聞かれるけれど
僕の方が君より幸せだから
そんなものは　ない

【100】†‡

幸せを感じる閾値（いきち）が低いと
君は僕をばかにするけれど
それは君に出会えたからなんだよ

君に出会うまでは　大して幸せを感じることなく
淡々と日々過ごしていたけれど
君に出会ってからの僕は
君と話をすることも
君と出かけることも
君のために何ができるか考えることも
すべてが幸せの連続なんだ

だから君が見る僕は　必然的に幸せな僕なんだ
だからこんな僕を見せるのは　必然的に君だけだ

【101】††

君が僕の心の中に棲みついて
僕の日常は5割増しで幸せになった
僕にとって
君といた場所　君と過ごした時間は
鮮やかであたたかい意味を持つようになった

君の心は美しく潔い（いさぎよ）
誰に対しても誠実で
自分を良く見せようとしたり
自分を守るために　人を裏切ったりしない
君の言葉は　嘘がなく的確で
それ以上でも　それ以下でもないのだ
だから何の疑いもなく　君を信じられる
僕も　自分自身を隠さず君に見せてしまう
君といると　僕は本心でいられるんだ

【102】†‡

「切りすぎちゃった。えへへ」
と君は恥ずかしそうに両手の指で
自分の前髪を隠すけど
君は優しい顔立ちだから
眉を前髪で隠すのはもったいないと　僕は思う

君の手をとると　君は僕の視界から外れようとする
もうっ、
君が僕の後ろにまわると　歩きづらいじゃないか

　　　　　　　　　　　————もっと君の顔を見せて
　　　　　　　　　　　　　　　恥ずかしがらないで
　　　　　　　　　　　　　　　　君はかわいいよ
　　　　　　　　　　　　　今の髪型がいいよ、絶対
　　　　　　　　　　　　　　　　ぎゅってしよう
　　　　　　　何も考えることないよ　僕にまかせてみて

【103】††

「絶対あいつら、付き合っているよな」
と言われる僕たちの距離感が　嬉しい

だって　それは
はたからでも僕たちの関係は
両想いに見えるということだから
僕だけの片想いではない、ということ

僕たちは　同じ空気をまとい
同じタイミングで視線を合わせ　笑い合う

【104】†ᵢ

君が僕に説明してみせる
君を通して見る世界は
なんて　彩り豊かなのだろう

君の心が動かされた素敵なことを
まず最初に　僕に伝えようとする
君でいてよ
この先も　ずっと

【105】††

東京駅構内で待ち合わせ
いつも約束の時間より早く着いている君を
僕はすぐに見つけるよ
君は壁を背にして　僕を待っている
こんな大勢の人の中で　君が僕を選んでくれたことに
僕は泣きたくなる

どんな人混みの中でも
たとえ　どんなに君に似た人がいたとしても
僕は必ず君を見つけるよ
君じゃなきゃ　駄目なんだ

僕は　君じゃなきゃ駄目なんだよ

【106】†‡

君と歩く
時に走り
時にどちらかが転んで
迎えに行き
励まされながら　立ち上がり
泥を払い　肩を貸されて前に進む
どうしても歩けない時は
二人しゃがみ込み
思い出話をしながら
君にさとられないように　涙する

【107】††

夏の暑さに疲れ
秋風の中で　ひと寝入りする
僕たちはそうやって
あといくつの季節を　越えていけるのだろうか

寒い冬は　あたため合って
春になれば　離れ離れにならないように
お互いの手を　しっかり握って

僕がこれから越える季節すべてに　君がいてほしい
僕がこれから見る景色すべてに　君がいてほしい

Scene 4　別れ

【108】†‡

僕たちは　ただのクラスメートだから
君が転校してしまったら
僕はどうすることもできなかった
ただただ　君に会いたいだけなのに

行き先も連絡先も訊けなくて
きっともう二度と　会えないんだ

すぐに忘れられると思っていたけれど
全然　忘れられないんだ

【109】†‡

分かってる
君といた方が　僕は幸せになれる
暖かい陽射しの中で
誰よりも僕のことを理解し　愛してくれる君といれば
穏やかな優しい時間を過ごせることを
僕自身の能力を　十二分に発揮できることを
僕は分かっている
分かっているけれど　僕は自分に嘘をつきたくない
僕は嘘をつけない人間なんだ

してくれることを求めるのではなく
してあげられることをしたい
たとえ報われなくても
これからの僕は　そう生きたいんだ

君と一緒にいたら僕は
君に与えられてばかりだ

【110】†‡

言葉を尽くしても　伝わらない気持ち
君の視線も捕まえられない
君に触れても　まるでそこにいないかのようで

もうこれ以上　はぐらかさないで
胸がつらくて　耐えられそうにないよ
自分から終わりにしようか

同じ報われないのなら　結果は同じ
自分から終わりにしようか

【111】†‡

「もう　あなたのこと　好きじゃないの」
と君が言った
「もう」じゃなくて
最初から　そんなに好きじゃなかったくせに
僕は君と一緒にいても　切ないことばかりで
いつも君の横顔を見てた

そうか　もうそろそろ終わりにしようか
君を自由にしてあげる
僕も君から自由になれるかな
いや　それは無理だと思うけど
少なくとも君に想いが通じないのを
再確認させられなくて済む

【112】†‡

もともと僕は君を好きになろうと思って
君を好きになったわけじゃないから
君を嫌いになろうと思って
君を嫌いになれるわけじゃない

君に会ってしまえば
気持ちは引き戻される
初めて君に会った時と　同じ気持ちに

【113】†‡

君は急に　何の前触れもなく怒りだして
おそらく　僕のせいなのだろう
謝ってはみたものの
僕がうっかり口にした言葉が　さらに君を怒らせた

楽しいとか　嬉しいとか
悲しいとか　腹立たしいとか
僕は人として基本的な感情が　よく分からない
だから　思わぬ場面で人を怒らせ
僕の心は　すり減っていく
だから僕は
誰に対しても近づくことを恐れ　距離をおき
いつも逃げ場を探してる
君が気にくわないのは　きっと僕のそういうところ

本心を隠しているのではない
それ以前に　貫き通すほどの我がないだけ
君が持っているような情熱が
僕にはないだけ

【114】†ι

当たり前のように　一緒にいる僕たちだけど
初めて出会った頃に思いを馳せると
今一緒にいられることが　奇跡だと思う

　　　　　　　　　それなのに僕たちは
　　　　いつの間にか　一緒にいることに慣れ
　　　　自分のことしか　考えられなくなって
　　くだらないことで　言い争いばかりしてる

【115】†‡

一緒の時間を過ごすことで
分かりあえた気分になっていたけれど
君は突然　僕に別れを切り出した

僕は君に我慢させていたらしい
だけど言葉にしなかった君も悪いよ
「言ったけど分かってもらえなかった」と言うけれど
そんなの、いつの話？
どこでどうすべきだったのか
君は僕に反省もさせてくれない

それからなんだ
僕が誰に対しても遠慮するようになったのは

いまだに気持ちの整理がついていないんだ

【116】†‡

僕たちは決定的なけんかをした
最後に君が　僕を見放したんだ
僕は今でもずっと君が好きだ
だけど　僕自身にどうしても譲れないことがあった
君は心を閉ざし
僕は君のそばにいることがいたたまれなくなって
僕の方から離れていった

もっと君と話をすればよかったのにね
君に僕のことを
もっと分かってもらう努力をすればよかったのにね

僕たちは決定的なけんかをした
あの時から僕は　１ミリも前に進めずにいる

【117】†‡

君の困った顔がかわいすぎて
君を困らせることを言ってばかりだった

そうやって　君に距離をおかれた僕は
滑稽でしかなかったよね

【118】†‡

だいたい僕たちは
自分の大切な気持ちに気づかないで
相手の言葉を間違って解釈する
それが分かった時には　もう
どうにもならないところにまで来ているのだ

"喧嘩もしたけど、今は仲良しでHappy"という話があるが、その考えを僕は肯定できない。表面上、仲良くしていても、本当の喧嘩の原因が何かも分からず、仲良しといっても、どちらかが我慢しているだけなのかもしれないからだ。

だいたい男性は仲直りしたらそれでよしとし、実は女性の方が我慢していることが多い。女性は本当の喧嘩の理由を分かってもらうのを諦めて我慢して、男性は本当の理由が分からないから同じことを繰り返し、女性はどんどん相手への不満をためこんで、何かのきっかけで男性を切り捨てるのだ。だから男性からすれば「別れはいつも突然にやってくる」のだ。

だから僕は忠告したい。喧嘩をしたら本当の原因を知ろうとすること。大事なのは、表面上仲直りをしたという事実ではない。

【119】†‡

食事するにせよ　眠るにせよ
あなたに出会うまでは
何の疑いもなく　できていたことが
あなたを失ってから　うまくできなくなった
あなたのいない世界を生きるのは
何の意味があるのか

あなたといた僕の毎日は
あなたを中心に回り
僕はあなたに生かされていたのだ

【120】†‡

あなたのことを忘れないと
少なくとも思い出にできないと
僕は一歩も前に進めない

だけど　忘れようとすればするほど
あなたのことを　思い出してしまう
もう何年もあなたに会っていないのに
それは毎日のように　あなたのことを考えている

誰といても　誰と話をしていても
　　　　　あなたがしてくれたこと
　　　　　　　あなたがくれた言葉を思い出す
僕が迷うときには
　　　　　あなたなら　こう言うだろうか
　　　　　　　こうするだろうかと考える
誰かを好きになろうとするけれど
　　　　　あなたのようには誰も好きになれないことを
　　　　　　　思い知らされる

あなたにもう一度　会いたい
それしか僕には方法が思いつかない
あなたに会って
僕が勝手に自分の中で
あなたを理想化していたことに
気づくことができたなら
僕は初めて前に進めるかもしれない

【121】††

君は「裏切られた」と言うけれど
憎しみの心をもって「裏切られた」と言うけれど
それは「心変わり」というんだよ、僕の解釈では
君に別れを切り出したのは
自分にも　君にも
正直でいたい気持ちからなんだよ

ずるく立ち回れる人間ならば
君との関係をうやむやにするだけだ
君にちゃんと伝えた彼は　きっといいヤツなんだよ
僕は嫌いじゃない

【122】††

君の"それしかない"という口ぶりに
僕は救われる
何のためらいもなく言い切る君の言葉に
僕たちの関係は　赦されているのだと錯覚する
ひとときの安心を得る

今僕が罪の意識に耐えきれず　君のもとを去っても
決して悲しまないで
これは僕の心の問題
君は悪くない　むしろ感謝しているよ

君の言葉が僕に届かなかったと悲しまないで
これは僕の心の問題なのだから

【123】†‡

お願いだから　僕と一緒にいることを諦めないで
僕は諦めない　あなたと一緒にいることを
だからどうか　あなたも諦めないで
僕たちが一緒にいられない理由は
あなたのその気持ちだけ

世間からどう言われようとも
あなたが傷つく問題ではない
僕の言葉より
無責任な人たちの言葉を　あなたは信じるというのか

あなたが諦めたら　僕たちは終わってしまう
そんなの僕には　納得できないよ

【124】†‡

あぁ、君には僕がそう見えていたのか
何の感情も湧かない　いつも冷静な人間に
君には僕が　そう見えていたのか

ただ僕はどうしたらよいのか分からなかっただけだ
君に何て言えば　よかったのか
どんな顔をすれば　よかったのか
いろいろな感情が入り交じって　苦しくなって
それが何なのか分からず
ただその場で立ちつくすしかなかっただけだ

君と離れたくないのに
君が離れていくのを　僕は止めることができなかった
君と離れたくないと思う　もっともな理由が
僕には思いつかなかったから

【125】†‡

僕のことを好きだと言ってくれる君と
ずっと会えなくなるなんて　考えもしなかった
当たり前のようにずっとそばにいたのに
かつて君がいた場所のどこを探しても　君はいない
別れはいつも突然にやってくる

伝え残した言葉の数々
伝えられなかった想いの数々
君にいつか、
もしいつか会えたなら　ちゃんと伝えられるように
心の中にあたためながら
僕はこれからも生きていく

【126】††

君なら　どんな表情(かお)をするだろう
君なら　どんなふうに言うだろう
君なら　何を選ぶだろう

これから先ずっと僕は
どこに行っても
何を食べても
誰といても
君を思い出すんだ

これから先ずっと僕は
何をしても　君を思い出すのだろう

心配しないで
そうすることで僕の心が少しだけ
あたたかくなるだけだから

【127】††

もし一割でも
君が僕を拒絶しないという確信が僕にあったなら
僕は君に触れるべきだった
後になって僕が好きだったと　笑い話にされても
僕は気持ちのやり場に困る

どうすることもできない今になって
君は　絶対に傷つかない安全な場所から
僕に揺さぶりをかけるのだ

こんな　面倒な気持ちになるくらいなら
あの時　思いきり拒絶される覚悟を持つべきだった
僕は無意識に　自分が傷つかない方を選んだ
君は"ふられた"と解釈しているようだけど

相手を想う気持ちが報われなくても、本当に好きな人に出会えたということ自体がプラスだと思う。報われなければ「あの時間を返して」だの、まるでマイナスのように思う人がいるかもしれない。だけど、僕は本当に好きな人に出会うことができただけで大きなプラスだと思うし、好きになった気持ちを否定しては駄目だと思う。相手の迷惑になるような行動に移さなければ、好きなままでいいんじゃないかと思う。

僕はそう、あなたに出会えてよかったよ。僕があなたを想う気持ちは最終的に受け入れられなかったけど、あなたがいるだけで幸せだったし、その気持ちを大切に持ち帰って、時々取り出して眺めるだけで嬉しかった。僕の気持ちが受け入れられなかったのは、誰が悪いんじゃない。お互いの状況、タイミングが合わなかっただけだ。

僕たちは日々年を取っていくし、命も時間も限られている。今しないといけないことは、今しないといけないんだ。それ故、タイミングが合わないことなんてざらにある。だけど、もしあなたと僕のタイミングが合った時にそれを見逃さないようにしておいて、それまではあなたを困らせることはしない。たとえ、一生タイミングが合わなくても、あなたへの想いを否定せずにいることは、僕が自分自身を否定せず、自分のことを少しでも好きになれる理由になると思う。

Scene 5　生きること

【128】†i

言葉は無力だ
君には届かない

人は変わらないし
変えられない

【129】††

君が苦しんでいたのを
僕は気づけなかった
僕と話をする時の君はいつも
嬉しそうに笑っていたから

君は自分のことを話す言葉を持たなかった
だから僕は君のことを　いつも心配していた
君の力になりたいと思った
君の下す決断は　いつも独り善がりで　危くて
昔の僕を見ているみたいだった

だけど僕の言葉は　君には届かない
僕は　ただ君の幸せを　祈ることしかできないのか

【130】†i

この胸の痛みも苦しみも悲しみも
　　　　　　　　　　　　すべて理由があり
その胸の痛みも苦しみも悲しみも
　　　　　　　　　　　すべて意味があった

今の僕だから分かること
いつか　そう思えるように
君も君自身に　誠実に生きてほしい

【131】†‡

自分のことが好きじゃないくせに
君に好かれようとする
自分を押し殺して　君に媚びて
そんな自分がさらに嫌いになる

自分ですら　自分を愛せない
自分でさえ　自分を慰められない
だから僕は　君の愛を求めたんだ

【132】†i

信じれば裏切られ　信じれば裏切られ
そんな僕がどうして　あなたを信じられるというのか
僕は価値のない人間で
あなたにあげられるものなんて　ないのだから
あなたを信じたいのに　信じることができない

心を許して僕のことを話せば
皆　面倒くさくなって逃げていくだろ？
その度に僕は傷ついていく
僕を守るものは何もない
心ない人に　心ない言葉に
僕のむき出しの心は　少しずつすり減っていく
こればっかりは　慣れることはなく
もっと深く切りつけられ　えぐられていく

針穴を通すようなわずかな光があるとするならば
あなたには僕を理解してほしいという願い
僕があなたのいるこの世界にとどまる
ただひとつの理由だ

この願いは　決して言葉にしてはいけない
僕のわずかなプライドを守るため
あなたに知られてはならないのだ

【133】†‡

僕は物心ついた時から独りぼっちで
だからなのか　人一倍寂しがり屋で
君を好きになっても
僕を愛して、っていう気持ちが先に出てしまう

それに気づいて　君が一瞬ためらったのを
僕は敏感に感じ　遠慮をし　君と距離をおき
君に会う前よりも　もっと
僕は寂しくなってしまったんだ

君に優しくしたい
君を愛したい気持ちは　溢れているのに
その気持ちをどうすることもできず
この現状を変えることなどできず
泣くことすらできなくて
ただ遠くから　君を想い
ただひたすら
自覚しないほどに慣れてしまった寂しさを
やりすごしていくだけの毎日だ

君との想い出がなければ
僕の孤独が　こんなにも深くならなかっただろうに

君と出会わなければ
こんなにも君に会いたいと　思わなかっただろうに

【134】†‡

愛を欲しがらない
求められる自分を演じる
裏切られても恨まない
これが幼い頃から両親不在の　僕の処世術

君はそんな僕の正面からぶつかってきて
怒ったり　泣いたり　笑ったりして
僕の気持ちを求めるから
僕は困ってしまう
僕にはそんな価値ないよ

僕は　誰かに執着するのが怖いんだ
僕のことは　そっとしておいてくれよ

【135】††

自分の寂しさや　相手への好意が根底にあるにせよ
相手を自分の支配下におきたいのなら
その相手をマインドコントロール下におくことだ
「どうせあなたは自分がいないと駄目だ」と言い続け
相手自身で考える力を奪い
相手自身で生きる力を奪い
自分の支配下から逃れようとするならば
相手の全人格を否定する

君はそれに気づいているのかい？
あるいは気づいていて　望んでそこにいるのかい？

恐れないで
君は飛べるよ
呪いの言葉に縛られた君には　見えないだろう
僕にははっきりと見える　君の立派な羽が
そして　これ以上そこにとどまるべきではないことも

とにかく飛び立ってみようよ
大丈夫。
もし駄目でも　僕が下でしっかり君を受け止めるから

この呪縛から逃れることができるなら
これからは何がどうなろうとすべて
自分の責任においてできるんだ
どんな結果も　自分自身が引き受ける
それは「自由」ってこと
生きたいように生きられることこそに　価値がある

どこか遠くで新しく暮らし始めないか
僕がいくら君を救い出したいと思っても
君自身が飛び立ちたいと思い
君自身が一歩踏み出してくれなければ
僕は何もできやしない

それは分かって

【136】†i

どんな困難も引き受けようと
何も持たず　この地球（ほし）に生まれ落ちたのに
いつも不安で　泣いては母親に助けを求めた
夜はとくに不安で　夜泣きがひどいとさらに困らせた

僕たちは　もともとそんなふうだったんだよ
強がらなくていい
もともと僕たちは　弱い存在なんだよ
不安なことがあったら
泣いて助けを求めればいいんだよ

ずいぶん長いこと独りでいて
泣き方すら忘れてしまったのかい？

僕には泣いていいんだよ
僕は君のすべてを受け止めるから

生きるのに不器用な僕のような人間でも、この年齢までなんとかやってこられた
し、僕が苦しんできた僕自身の短所も、長い間かければかえって強みになることを
知った。世間が言う〝正しさ〟ではなく、自分自身にとっての〝正しさ〟を貫くだ
けでいい。僕は不器用だからそれでしか生きてこられなかったけれど、この正しさ
を貫かなかったなら、きっと僕は今よりもっと自分が嫌いなままだった。

自己肯定感が低くて自分自身を好きになれない人は、この世の中に少なくない。
親の価値観通りの「良い子」になろうとしたけど無理で、親を失望させてしまった
と思い込んでいる人や、そもそも子供の頃から安心できる居場所がなくて、周りの
大人たちの顔色をうかがって生きてきた人たちの中にもいる。そんな良い子で頑
張っている子たちが何故、生きるのに苦しくて幸せになれないのかと思う。

【137】†

明日　朝起きたら
僕じゃない他の誰かになっていればいいのにと思った
翌朝　起きると
やっぱり僕はまだ僕のままで　絶望する

考えても仕方のない
　　　　くだらないことばかりが　気になって
こうしたい、ああなりたいと思うのに
　　　　できなくて　なれなくて
誰にも　本当の僕は理解されず
耳触りのよい偽善的な言葉に　嫌気がさす
群れることもできず　落ち着ける場所もない

「普通」の人間になりたい　あの人たちのように
こんな自分にしたのは　僕自身なのだろうけど

僕は自分が嫌いだ
この僕でいるのに疲れたよ
あとどれだけ　僕は僕でいなくてはならないんだ

【138】†‡

自分を好きになれない僕は

自分を否定しつづけて

本当に大事にすべき気持ちも　分からなくなって

何もかも　無意味に思えて

生きる意味も　見失って

疲れて

そんな時に僕は君と出会った

君は僕に　この世界の別の見方を教えてくれたんだ

それなのに

世の中なんて　1か0だ

そう考える方が分かりやすい

君に会えないのなら

この手で　すべてを終わらせたいと　発作的に思った

君がいるだけで　一瞬にして僕の世界は輝いた

君と出会ってしまったから

君のいない僕が抱える闇の深さを　思い知った

【139】†i

僕のいくつもの手首の傷痕を見て
君は僕の腕を乱暴に振り払った

僕は生きていること自体が　罪だと思った
なぜなら、僕は僕の周りの大切な人を悲しませる
それは僕が自分を大切にできないからだ、と君は言う
自分を大切にできない僕を見た
僕を愛する人々を悲しませるのだ、と。

僕には生きる価値も　生きる意味もなかった
だけどこれからは
君を、僕の生きる希望にしていいかな

君のためなら僕は何だってする
だから君は僕を　肯定しつづけてくれないか
迷いのない　君のその言葉で

【140】†i

君をどうしても手に入れたくて　君とクスリをやった
僕が昔　そうされたように

君はすぐに僕に依存し　歯止めがきかなくなった
注意して使わなければいけないのに

君は何度もフラフラの状態になり
ある朝　一人冷たくなって見つかった
また僕だけが生き残ってしまった

こんな綺麗な顔をしているのに
君はもう目を開けることもなく
僕に笑いかけることもないし
僕の名前を呼ぶこともなくて
僕に触れることもない

僕の心にぽっかりあいた穴は　何で埋めよう
この喪失感を埋めようとするたびに僕は
いつもさらに大切なものを失ってしまう

【141】†‡

自分が救われることしか考えていなかったから
本当に大切にすべき人を　僕は見失っていた
悪い友達と付き合って　僕はすべてを失った
それは違うと言ってくれたあなたの言葉に僕は
耳を傾けられなかったのだ

本当に大切なことは
すべてを失ってからしか気づけない
あなたは僕を許してくれるだろうか

あなたを大切に思うことで初めて　僕は救われた
僕と同じ誰かを救いたいと思うことで
初めて　僕は僕自身を許すことができた

僕の心の問題は　結局のところ

親の期待にこたえられず

今の今までずっと　僕は悪い子だと思っていたことだ

そんなこと　全然なかったのに

そんなこと　自分の人生には全然関係なかったのに

誰かを救いたいと思うことで

その人の苦しみを知り　自分を許し

僕はやっと

幼い頃から植えつけられてきた呪いの言葉から

解放されたんだ

【142】††

頭の中が　取っ散らかって
息をするのも苦しくなったら
僕は今すぐにでも　君に会いたいと思う

君は決して僕を責めず　僕を丸ごと受け止めてくれる
僕を正しく愛してくれる
君を抱きしめ　君に抱きしめられ　僕は眠りに落ちる

「大丈夫だよ
あなたは何も　間違っていない
こう考えてみようか
きっとうまくいくよ」

自暴自棄になりそうな僕を
君の言葉が生かし続けてる
周りの目ばかり気にして
何のために生きているか、自分が何者なのか分からず
自分にとっての真実を見つけられない僕を
君が優しい言葉に　変えてくれる

【143】†i

君の声が聞きたいから
　　　　　僕は明日まで生きられる
君の顔が見たいから
　　　　　僕は明日まで生きられる
君と見たい景色があるから
　　　　　僕は明日まで生きられる
君にしてあげたいことがあるから
　　　　　僕は明日まで生きられる

そんな明日がつながって　僕はここまで来れたんだよ
今の僕があるのは　君のおかげだ

【144】†i

見えていない価値あるものを　見えるようにしたい

今結果が出ていなくても
　　　　　　　目標に向かって努力する姿に
　　　　　　　　　　　　元気づけられる人がいることを

気のきいた言葉を返せなくても
　　　　　　　他人の苦しみを感じる心に
　　　　　　　　　　　　救われている人がいることを

社会的地位がなくても収入が少なくても
　　　　　　　多くのことを生み出し
　　　　　　　　　　　　人々に与えていることを

自分自身に価値を見いだせなくても
　　　　　　　そこにいるだけで　嬉しいと思う人が
　　　　　　　　　　　　必ず複数人いることを

あなたがいなくなれば
価値あることも　苦しんだ経験も
もともとないものにされてしまう

どう苦しかったか　何が問題か分からないままで
死んでしまえば
追及をやめ　美化すらしてしまうこの世の中では
人を替えて　同じ苦しみが繰り返されていくだけだ

薬物とか自死の話は、気分を害する人もいるから語られるべきではないという意見も分かる。しかしそう言ってこの問題を避けてばかりいては、いつまでたっても本当の原因は分からない。同じ苦しみや悲しみが、人を替えて繰り返されていく。

自己肯定感が低い人は、自分を価値のない人間だと思い、自分を大切にできず、薬物や自死に対するハードルが低い。だからこそ、僕はここでこの問題について書かないといけないと思った。

大切な人、尊敬する人に薬物を勧められれば、断れないだろう。仲間は仲間を見つける能力に長けていて、大っぴらにしないだけで薬物は僕たちのすぐそばにあるのだ。

誰かが自死すると、周りの人間はその理由を探そうとするが、分からないことが多い。それは、本人も何が問題で、何故つらいのか認識していないからだ。ただ少しだけ、このつらさから楽になろうとしただけかもしれない。薬物も自死も、いつもその結果は、かけがえのない大切なものを一瞬にして失わせるだけなのに。

同じ状況でも解釈の仕方で世界ががらっと変わる。自己肯定感が低い僕らが見る世界は、偏っているだろう。他の誰かなら簡単に分かることでも、僕らには分からないことがある。まずは自分の感情を客観視して言葉にしてみよう。

【145】†

進路に迷った時はキツい方を選べばよいというけれど
僕は　好きな人がいる方を選べと提案したい
そうすれば　いつも好きな人に囲まれて
好きな自分でいられて
好きな人のために頑張るモチベーションとなるから

そのためには「好き」の感覚が分かるようになろう
自分を好いてくれるから　好きになるのではない
自分の得になるから　好きになるのではない
自分を好いてくれなくても　自分の得にならなくても
その人たちと一緒にいたいと思う感覚
その人たちのようになりたいと思う感覚
その人たちと幸せになりたいと思う感覚
その人たちと価値ある何かを作りたいと思う感覚
そんな「好き」な人がいる方を選ぶことだ

そんな場所は　どこにあるのか
我慢ばかりして　自分を押し殺しているようでは
見つからないよ

【146】†‡

僕が良い時も悪い時も
あなたが僕にくれた優しいまなざしは
変わらなかったから
その気持ちは本当だったんだと思う

あなたが良い時も悪い時も
あなたが僕にくれた優しいまなざしは
変わらなかったから
その気持ちは本当だったんだと思う

本当の気持ちの見分け方
何がどうなっても変わらないところを見つけること

酒のせいでも　立場の違いででも
態度を変える人間を　信じてはならない

【147】†i

僕が「自分の損得とか　見栄だとかの
打算で結婚とか進路を選ぶな」と言うのはさ、
そんなものは
いつでもすぐに変わってしまうからなんだよ

人の財産なんて　あっという間に奪われるし
事故に遭って　病気になって
働けなくなるかもしれない
会社の業績はあっという間に傾くし、その逆もある
未来なんて　予想しないことばかりだ

だから　変わらないものを判断基準にするべきだ
なりたい自分、好きなものは　案外変わらない
これ、本当だから
だから君がどういう人間になりたいか　教えてよ
君が好きなことは何なのか
本当に好きな人たちはどこにいるのか
僕に教えてよ

【148】††

「正しく生きろ」ということ
誰をも騙せたと思っても
自分自身は騙せない

原因がそれとすら分からず
自分のついた嘘に苦しめられ
一生を終える人を　僕は　何人も知っている

正しく生きろ
人生に誠実に生きろ
たとえ今がつらくとも
解決の道のりが今は見えなくても
きちんと正面から向き合うんだ
前に進めなくてもいい
逃げさえしなければいい

君のとった行動がすべて　君自身になる
恥ずかしい人間になるな
いつか誇れる　自分になれ

【149】†

何を選択するにしても　正しくあること
「正しい」って　何だ？

・ずるいことをしないこと
・誰に対しても公平であること
・自分より相手を優先させること
・隠さないこと
・自分の都合で真実をねじ曲げないこと
・嘘をつかないこと

　　　　　“優しい嘘”だなんて　ばかにしてる！
　　　　こっちが真実を知りたいと　言ってんだ
　　　　　　受け入れられないかどうかは
　　　　　　　自分が決める、っつーの‼

「正しさ」は常に意識していないと　損なわれる
いつも気をつけていないと　守れないものだ

自分をこれ以上嫌いにならないようにするためには、何を選択するにしても、自分が正しいと考えることを基準にするべきだ。「正しいこと」というのは他人が決めた正しさではなくて、自分自身が決めた正しさだ。もし、今いる場所で自分にとって正しいことができないのなら、思いきって居場所を替えることも考えよう。

もし今すぐに替えられなくても、替わるための準備をするのだ。

Scene 6　これからも

【150】†‡

好きなものは　変わらない
本当に好きだった人は　何があっても好きなままだ

相変わらず僕は　こんな文を書いているし
君とけんかしても　君に別れを切り出されても
僕は君が好きなままだった

君と一緒にいたいのに
君に会うと　何故か途中からけんかになった
君が好きだから　どうでもよいことにできない
いろんな感情で絡まった糸は
結局　ほどくことはできなかった

君と別れてからずいぶんたつけど
やっぱり僕は君が好きなままで
もう会えないことを　切なく思うだけで
またいつかどこかで　君に会えないかと
少しは願ってる

そうやって僕には　一生消えない君の爪痕が残されて
それがまた　僕という人間の深みになるのだろう
僕の人生を　面白くさせるんだ

【151】†‡

誰かに　何かに　依存することよりも
おまじないや占いで　危険を回避することよりも
確実に幸せになれる方法がある

それは　誰かを愛することだ

「好き」の延長線上が「愛」ではない
「好き」がその瞬間の感情であるなら
「愛」は技術だ
ほんの少しの気づきと実践で
誰でも得ることができる
考え方　行動の「技術」だ
そして誰かを愛したその瞬間から
確実に幸せになれる

誰かを深く理解し
その人がどう感じて　どう考え　どう行動するかを
見通し　手助けする

ただただ　相手の幸せを祈り
自分がどうかではなくて
相手のために自分に何ができるか考え　行動する
相手の幸せが　何よりも自分の幸せとなる

だからせめて　君の幸せを感じられる場所に
僕はいたいと思う
君の苦しみに　一緒に立ち向かっていける場所に
僕はいたいと思う

【152】‡†

あなたはもう少し年齢を重ねると　絶対良くなるから
それまで　決して潰れないでいてね
無駄にエネルギーを使い果たさず
正しく生きてさえいれば
ある日突然　世界が変わる

これから年齢を重ね
あなたのもつ雰囲気に実年齢が追いつくと
あなたの自信のなさも
奥ゆかしさに変わる　慈悲深さに変わる
きっと誰もがあなたに
自分の心の迷いを　心の痛みを　打ち明ける
あなたは多くの人を救うことになる

あなたが本領を発揮する時期は今じゃない
これから少し先なんだよ
だから今は絶対　潰れちゃ駄目だ　逃げては駄目だ
つらいことを糧にして
人の心の痛みが分かる　中身のある人間になれ

今いる世界が最良であると思いがちだが、僕には修正困難な歪みが生じていると感じられる。元々僕たちは、皆が幸せになるために社会を作ったのではないだろうか。

今は、普通に働けば普通に暮らせた時代ではなくなり、いくら働いても切り詰めても暮らしは苦しいままだ。勉強したくてもお金がなくて進学できず、学歴があっても将来は約束されない。平和な時代が長く続き、金持ちはさらに潤うシステムが確立された。労働者たちは生かさず殺さず、一見正当な方法で搾取されるようになった。本当に価値があるものは見えにくくなっている。

正しい信念がなくても、声が大きい人、目立つ人の意見が通り、評価される。本当に価値があるものは見えにくくなってしまっている。

僕は微力であっても、自分が考える正しいことをしようと思った。これが、この本を出版しようと思った理由である。たくさんの見えていない素晴らしいものを、見えるようにしたい。その素晴らしいものとは結局「人」なのだ、と。

たとえ今、生きづらくても、それは自分が悪いからだと、自分を否定しないではしい。今、日が当たらなくても、時代はあっという間に変わる。花咲く時期に綺麗な花を咲かせられるように、本当に大事なものを見誤らず、腐らず、正しいものの見方を積み重ねていってほしい。

【153】††

妬みとか　誰かを陥れようとか
この殺伐とした日常に
心がすり減っていく

ふと隣を見ると
僕とは関係のない道を
自分のペースで歩いている君を見た

なんだ
ここにいたんじゃん

【154】†i

思い出したんだ
僕がどんな困難も引き受けようと
今世に生まれた日
君も一緒に引き受けようと　来てくれたことを

ここにいてくれたんだね
君だって　楽じゃなかっただろうに

外見も育った環境も違うから
すぐに君とは分からなかったけど

君と分かって　僕はとても心強いんだ

【155】†‡

君の術にかかったのは　僕の方だった
僕から君を好きになったというより
君が先に　僕に狙いを定めたんだ

いつからか　君が僕のすぐ近くにいて
僕のことを好きだと
恥ずかしげに　一生懸命な表情(かお)で　泣き笑いするから
何だかよく分からないまま
君を抱きしめてしまったんだ

そんな僕だからか
君を満足に幸せにしてあげられない
いつも君を寂しがらせ　怒らせてばかり

【156】†ⁱ

僕がどうにもならなくて
自分の思い込みにがんじがらめになっていた時
僕が何も言わないのに
君がすっと僕に寄り添ってくれたこと
感謝しているよ
僕は救われたんだ
君の前だというのに
思わず君の優しさに泣いてしまったね
驚かせてごめん
君がいるから　僕は孤独じゃなくなったんだ

いつしか僕も
誰かを救える自分になりたいと思ったんだよ

【157】 †i

楽観主義とはまた違う
君は根本的に世の中を諦めていないんだ

そんな君に僕は
はからずも　弱い自分を曝(さら)け出してしまう
そして僕は
こんな世の中でも
もう少し頑張ってみようと思うんだ

【158】††‡

ただ君に会いたいという気持ちだけで
僕はここまで来たよ
僕たちの周りでは　いろいろなことがあったけれど
結局　僕は君といたかっただけなんだ
単純な話だ　複雑でもなんでもない

時に君は　僕を責めるけど
絶対、僕は君と離れては駄目なんだ
守るべき君がいなければ
僕はもっと　もっと駄目になっていく
君が僕を　正しく　強くするんだ

【159】††

生まれるのも死ぬのも
その人にとってたった一回の経験だけど
僕はあなたにとって
人生でたった一人の人間になり得るだろうか
あなたと過ごした時間は　まだ短いから
こんなあてのないことが　不安になる

僕にはあなたしかいない
これまでも　これからも
あなたは僕にそう確信させたから
僕は何があろうとも　絶対
あなたと一緒にいる　これからもずっと
僕はそう決めたから

【160】†¡

生まれるのも死ぬのも結局
自分一人で成し遂げなければならないにせよ
僕は君のそばで生きたいと思う

僕たち一緒だったら無敵だよ
僕にないものを　君は持っているし
君にないものを　僕は持っている
僕と同じところを君に見つけると　嬉しくなるけど
僕とは違う君を見つけても　嬉しくなるんだ
そして君の不得意は　僕にはたまらなく愛しい
その弱さを庇うから君は
他の誰にもない輝きを放つのだ

僕は君のそばで　僕の夢を叶えるよ
僕も　君の夢を叶える助けになるよ

夢が叶っても　君がいなけりゃ意味がない
夢が叶わなくても　君が隣にいてくれれば意味がある
夢は叶ってしまえばすぐに　日常になるのだから
君のいない日常は　あり得ない

【161】†i

僕が君を想うのと同じように
僕を好きじゃなくてもいいからさ
僕を君のそばにいさせて

著者プロフィール

門脇 桂一（かどわき けいいち）

1972年11月生まれ。第一子長男。
理系の仕事をしているうちに、感情的なことも論理的に説明がつくのではないかと思い立ち、理系の視点から話を作り始めた。

君が好き

2020年7月15日　初版第1刷発行

著　者　門脇 桂一
発行者　瓜谷 綱延
発行所　株式会社文芸社
　　　　〒160-0022　東京都新宿区新宿1−10−1
　　　　　　　　　電話　03-5369-3060　（代表）
　　　　　　　　　　　　03-5369-2299　（販売）

印刷所　株式会社暁印刷

ISBN978-4-286-21786-4